아버지는 그물 한가득

달빛을 잡아 오셨다

아버지는 그물 한가득 달빛을 잡아 오셨다

초판 1쇄 인쇄일 2022년 07월 01일
초판 1쇄 발행일 2022년 07월 08일

지은이 정희수
펴낸이 양옥매
디자인 표지혜
교   정 조준경

펴낸곳 도서출판 책과나무
출판등록 제2012-000376
주소 서울특별시 마포구 방울내로 79 이노빌딩 302호
대표전화 02.372.1537   팩스 02.372.1538
이메일 booknamu2007@naver.com
홈페이지 www.booknamu.com
ISBN 979-11-6752-172-9 (03810)

:: 매봉 정희수 작가의 시집 ::

아버지는 그물 한가득

달빛을 잡아 오셨다

매봉 정희수 지음

책과나무

한 자 한 자 엮어 낸 시집을 편다
옛 친구들을 그리면서 순수한 작품을
엮어 낸 저자의 마음을 읽을 수 있었다

사랑을 가슴에 품고 그리워하는 마음
고향의 옛 정취를 사랑하는 마음
어른을 공경하는 그 마음이 깊이 묻어나 있다

첫 시집을 발간하기까지 저자 스스로
독학으로 습작하면서 일궈 낸 작품의
어린아이와 같은 순수함에 별을 주고픈 마음이다

시냇가에서 발가벗고 물장구치는 모습처럼
깊이는 깊지 않아도 마음속에
깊은 정을 쏟아 낸 글이다

한 사업가로서 모든 이들을

사랑으로 감싸 안은

저자의 마음을 알 수 있었다

다음 작품을 펴낼 때에는 더 깊은 시심에 젖어

문인의 길에 이정표를 찍기를 바라면서

첫 시집에 출간을 많은 기대 속에서

바라보고 싶은 마음이 있다

독학으로 써낸 작품 하나하나가

모든 이들에게 깃들

시심의 마음의 되기를 바란다

때가 묻지 않은 작품이

변함없이 사랑받기를 성원하면서

저자의 순수함에 또 한 번 젖어 본다

- 청암 김홍덕

2부 • 문틈에 스며드는 그리움

3부 • 나무마다 움트는 희망의 새싹

4부 • 햇살이 깃든 엷은 미소

1부

흰 구름 아래
익어 가는 시간

뜰 안에 머물고 있던 가을

빨갛게 익어 가는 홍시

흰 구름 아래에서 익어 가는

시간

_「행복한 꿈」 중에서

일하는 말똥구리

앞에서 뒤에서

두 마리가 부지런히

굴리고 가는구나

주위에는 아지랑이가

피어오르는데

이 아름다움은

감상도 하지 않고

어디로 끌고 가는가?

세상이 어지러워도

먹잇감을 구하려

열심히도 일하는 말똥구리

겨울 채비에 분주하기만 하네

검고 둥근 공 같은

먹잇감을 잘도 굴리고 가네

이것만 갖고 가면

부러울 것이 없다는 듯이

밤하늘의 보름달

까만 먹물처럼

어두운 하늘에

둥근 보름달이 마음속까지

밝게 해 주네요

맑고 깨끗한

항아리 같은 보름달

세상의 어지러움

잊어버리라고

밝게도 비추어 준다

하늘 아래에서는

옹기종기 모여 앉아

이야기꽃을 피우는

낭만 시인들

한 아름 잊어버리라고

비추어 주네

까맣고 평화로운 밤

비추어 주는 달님아

희망을 안으리

새벽이슬

하얀 운무 속에

영롱하게 내려앉아

아름다운 물방울

자랑을 하면서

다시 찾아올 약속도 없이

사라질 이슬이여

짧은 시간의 수명조차

찬란히 빛을 내고

햇살이 비치면

내일 다시 오겠다고

언약이라도 하고

떠날 이슬이여

시냇가

어린 시절의 개구쟁이 모습

내가 찾던 시냇가에

아이들의 품속이 그립다

풀피리 불고

물장구치며

꿈을 안은 채

동행하고 평화로이

해먹을 쳤던 시절들

가슴에 늘 간직하던 내 마음

이제 외롭지 않으리

너의 품속에서

이제 고요함에 젖어

익숙해하듯이

빨래터

추운 겨울에
힘들게 버티더니
어느새
새봄이 오는구나

털이 송송 나 있는
버들강아지
시냇가에서 기지개를
켜는구나

빨래하는 아낙네들
옹기종기 모여 앉아
이야기꽃 흘리지 마라

옛 여인 이야기도

밖으로 내뿜고 싶어도

오가는 길목이라

조심해라

네가 그곳에 있는 것을

개구쟁이들이

행여라도

알게 되면

꺾어 갈 수도

있을 테니까

민들레

길섶
노란 꽃잎은
어느새 예쁘게

아침 이슬방울에 젖어
너에게 얽힌 사연은
긴 겨울밤을 자고
웅크린 자세로
찾아왔나

찬 겨울밤에
몸살을 앓던
잠에서 깨어
하루를 정리한 듯한

하얀 민들레

발꿈치에 밟히고
내일을 기약하고
바라보던 꽃잎
봄볕에 씨방을 맺고
시샘하는 바람에 날리겠지

너는 허공으로
날갯짓하며
내일 다시 와서
하루를 살다가 갈 생각에
바람 따라
어느 곳에 날려 앉을까

변함없는 소나무

엄동설한에도

그 자리에서 노래 불러 주며

한가득 백설에 꽃을 피우더니

잘도 버티는구나

송홧가루 날릴

봄날을 기다려 보던

푸른빛을 기다리던 너

변함없는 마음으로

살아가자

사군자에 끼이지

못하더라도

너의 묵직한 모습은

세상을 부러워하듯

꿋꿋하게 살아다오

이래도 저래도 한세상

너만 보고 살련다

난초

깊은 골짜기
메아리로 묻히면
아무도 찾지 않고
돌보지 않아도
매서운 한파와
비바람에 맞선 너는
자태가 더욱 고고하니

더우면 더운 대로
추우면 추운 대로
아름답게 꽃 피울 날을
기다리는구나

바위틈에 끼이어

향기를 내니

웃음도 가득 주는구나

친구

인형만큼

작았던 우리들

세월을 접고 접어

큰 사람이 되었네

서로를 가리지 않고

바꿔 신던 신발

마주 보며 웃던 모습

추억의 삶 속에 챙겨 놓는다

친구여

밭고랑 같은 주름들이

세월을 말해 주며

백발이 된 거울 속은

허망함이 밀려오듯

굽은 허리 다시 펴서

내 길을 가세나

멀지 않은 옛길이지만

한 발 걷고 허리 펴며

세 발 걷고 뒤돌아보는

공허만의 손짓으로

아지랑이

아물거리며 춤추니
여유 있고 평화로운 모습
지평선 너의 영역인 것처럼

나뭇가지 바람이 불면
너는 사라지고
바람이 사라지면
예쁜 꽃으로
피어나듯이

하얀 구름

파란 하늘에

옹기종기 모여서

웃음 짓는 구름아

무슨 이야기를 하고 있니

둥실둥실 춤을 추면서

유유히 멀어지는 구름아

정처는 없는 듯 보인다

남쪽으로 흘러가는데

목적지가 없는 듯 보이는데

혹시 가고 싶은 곳이 있니

중생들에게 여유와 평화를

보여 주어 고맙다

가는 길이 멀어도 잠시 머물러서

춤을 추어다오

지상에서 아웅다웅하면서

살아가는 인간들

이제 너희들을 본받도록

유유히 그리고 여유롭게

춤을 추어라

만추의 낙엽

가을이 익어 가면

밤이 익듯이 나뭇잎도

세월을 비켜 가지 못하는구나

눈보라 한파를 기다린 마음

아름다운 오색의 물결로

땡볕에 태워 내는 춤사위

바람이 불면 은빛으로

나풀대고

어느새 몸이 황금빛으로

변하면

서산에 노을마저도

서늘한 바람에 쫓기듯

하직 인사를 하는 것처럼

헐헐 춤을 추면서

여기저기 흩어져

내려앉는다

이슬 먹은 꽃

아침 이슬을 머금고

입술처럼 부드럽고

예쁜 너의 꽃잎은

파란 하늘

바라보면서

상념 속에 잠긴 듯이

아침이면 피는 꽃

밝은 햇살이

솟아날 즘에

생의 삶을 그리는 구슬방울

봄 마중

앙상한 나뭇가지에
봄이 움트는 소리를
들을 수 있겠니

우리의 가슴에
뛰는 맥박처럼
봄의 기다림이 존재하고

아침부터 새들은
봄을 초래하는 것같이
시냇가 버들가지도
흐르는 물소리에
잠을 깬다

앙상한 가지만 남은

저를 볼 때

하늘이나 계절

탓만 하는 것 같더니

너도 푸르른 옷을 입고

꽃 피기를 기다릴 때가

오겠구나

미소

이마 밑에
깜빡이는 눈빛
가족들의 웃음
행복한 삶 속

그대 눈웃음
살며시 지어
마주한 사람들을 향한
웃음꽃

화사한 얼굴
보름달같이 보여
내 마음도 흥에 겹다

수선화

이른 봄부터

싹을 피워

흙냄새를 맡고

돌 틈 사이 친구와

겨우내 숨바꼭질로

숨어 지내던 예쁜 꽃

하루해 바라보는 모습

오색 무지개 띄우니

너와 나 행복에 젖는다

보리밭

추운 겨울을
백설로 이불 삼아 견디며
푸른 이파리 빛을 품고

디딜방아
발맞추어 밟던 기억
추억 길로 심은 마음

햇살에 봄을 싣고
노랑 옷 갈아입을 때
보릿고개 넋이 되어 삼킨다

한적한 바닷가

멀리서

밭고랑처럼

밀려오는 파도

자갈에 부딪치는

자장가 소리 되어

굴곡의 늪에 빠지면

비린 냄새는

코끝에 스며들고

수평선 멀리

통통배 소리를 내면서

지나가는 작은 배는

삶의 역경을 싣고 떠난다

징검다리

살얼음 낀 개울가
고기들이 춤을 춘다

사라져 가는 징검다리
행인들이 너를 밟고
개울물에 떠 있네

하나둘
인적이 끊긴 고요한 밤처럼
흔적을 남기고 버틴 너
추억 길을 걷는다

불꽃같은 강산

산도 좋고

물도 좋은 멋진 강

오색 저고리 입을 때면

너도나도 나들이

앞만 보고 달려온 길

계곡에 흐르는 물

불꽃을 식혀 줄 때

따끈한 계곡

단풍이 지면

세찬 바람

나무들을 괴롭히고

단풍은 잠시 잠깐

머물다 마지막 단풍잎만

남기고 어디로 가 버렸나

행복한 꿈

뜰 안에 머물고 있던 가을
빨갛게 익어 가는 홍시
흰 구름 아래에서 익어 가는
시간

하루가 그리운
행복의 꿈을 달아
한없이 큰데

흐릿한 날씨처럼
살아가는 날이 힘들듯이
보람된 생활을 이어 갈 날들
웃음은 점점 멀리 떠난다

담장 위에 떨어질 낙엽만이

서글퍼 보이지 않고

아름답게 보일 때

내일이 초라해지고

서러워지더라도

오늘만큼은 과감하게 살겠어요

고요한 이 밤

적막만이 흐르는 쓸쓸한 이 밤

멀리서 두견새가

슬피 우는 한적한 밤

방 한쪽에는

귀뚜라미 장단에

맞추어 노래하니

온통 세상이 시끄럽네

지나가는 밤

아름다운 소녀가 그리워지던 밤

어디에서 무엇을 할까

달은 나뭇가지에 걸려

창문은 비추니

들에서 들려오는 벌레 소리가

나의 마음을 흔드는구나

여름밤 하늘

여치가 찌르릉찌르릉

풀벌레는 여름밤을 울려 놓고

하늘에 은하수는 흘러가듯

물결을 이루듯 고요한 밤

목로주점에는 세상 사는

웃음보따리를 풀어놓는

술잔 속 달빛에 아롱진다

지나가는 아낙네의

한잔 술로 회포를 풀어

뭉게구름 유유히 스치는 느낌 속

이 밤이 깊어지면

여치 너희들도 지쳐

슬금슬금 사라지겠지

기다림

이슥하도록 생각했다

은은히 번져 오는
새벽 종소리
연필 깎아 낸

향나무의
그윽한 향기 되어

사분히 열고 오면서
열두 폭 치마폭에 자르르
끌리는 소리

하늘의 별인가

은하수 너머 반짝이면

그 모습

오늘따라 가까이

보인다

나의 어머니

뽀얀 피부의 젊은 청춘

갓 피어난 연꽃의 모습

세월의 삶에 머리카락은

백설이 내린 듯이 희고

어언 반세기를 훌쩍 넘겨 굽은 허리

뿌리치지 못한 세월에 꺾인다

악마 같은 세월은

자식들 생각뿐

보상 없이 사라져

보릿고개 넘나들면서

흔적의 값진 인생

눈웃음 속에

잔주름이 겹겹이

거북 등 같은 이마는

흘러간 훈장의 별이 되었네

2부

문틈에 스며드는
그리움

문틈에 스며드는 그리움 때문인지

어두운 밤은

정녕 말없이 깊어만 간다

_「아름다운 자연」 중에서

복스러운 강아지

볼록한 어미 배 속에서
꿈틀대던 예쁜 강아지가
세상을 맞이한다

검은색 흰색
복스러운 새끼들
까만 눈동자
예쁜 꼬리 살랑대며
흔들어 주니

아름다운 세상
맛보기 위해

갓 태어난
강아지들
엄마 품에서
잘 자라다오

사랑의 대화

별들만이
아롱거리는
밤이랍니다

창가에 스며드는
그리움이 허망하지만
징조인가 봐요

흰 백지 위에 과거의
추억을
화선지에 아롱거려
수놓아 보고

미래의 보금자리도

설계해 놓고

어두운 밤을 타고

스며드는 사연이

당신의 건강을

생각했나 봐요

당신 없이는 사랑의

대화가 이루어지지 않아요

그리운 맘을

이 글에 장식해

보려는 시간이

그다지 복지지 않은 이유는

왜일까요?

오월의 하늘

남녘의 하늘 밑

외진 곳에

너와 나 마주할 때

바다 위에

흰 갈매기는

여운의 노랫소리로 울부짖고

검은 땅 위에

마주 보며 울어 대는

그리움에 까마귀 노랫소리

가슴에 멍이 들도록

너와 내가

입을 맞추듯이

하늘과 땅에
오월의 푸르름은
내 마음 같구나

보름달

어제도

오늘도

그리고 내일도

슬픈 곳이 없는지 비추는 건가

너에 환한 빛을 들여다본다

잠 못 이루는 달덩이처럼

구름 속에 숨었다가

삐쭉 내어 밀고 두둥실

흘러가는 듯한 보름달

너를 하염없이 쳐다보면

내 가슴에 숨었던 추억의

그림자도 되살아나듯

정적만이 흐르는 시간

네가 없으면 메마른 사막 같아

그리움에 젖어 본다

소박한 소망

세월의 흐름에 맡겨

오늘도 하루해를

넘기고 해가 지나면 해결되겠지

아니면 남달리

바란다는 나의

소망은 도대체 무엇일까

식물도 잎이 나면

꽃 피기를 기다리는데

인간인 나는 생각을

해 보았다

돌연히 크나큰

기대가 어긋났다

생각되는구나

차디찬 겨울이

지나면 꽃 피고

새가 노래하는

새봄이 오네

언덕에 핀 할미꽃

엄동설한의 칼바람 이겨 내더니
뾰족이 고개를 내민다
삼월이 다가오니
너의 세상 만들 것인가

따뜻한 언덕 모퉁이에
보금자리 마련하고
세인들에게 자랑할 날
기다리는구나

네가 방긋이 웃는 날
하늘에서는 종달새가
온종일 노래할 것이다

해마다 계절을 알리는

할미꽃 아

수줍어 고개를 숙이네

이리 봐도 저리 봐도

천하에 예쁜 꽃

시들지 말고 영원해 줘라

연인의 풍경

시성이 그립듯이
당신과 함께하기 위해
고난과 역경도 무릅쓰고
그렇게 당신을 그려 봅니다

달빛 속에 빛나던
눈 덮인 산
날마다 홀로 생각하면서

오늘도 그리움에 젖어
능선을 따라 생각하며
깊은 잠에 들고 싶다

농촌 풍경

초가집 위에
노란 박이
병아리 떼와 같이
뒹구는 것처럼
옹기종기 모여 앉아

텃밭에 아롱거리는
아지랑이
청초한 시냇물 따라
흘러 향수에 젖는다

서쪽 하늘의
노을빛이 젖을 무렵
하나둘 켜져 가는

호롱불 빛에

주저리주저리

마주 앉아

감촉성에 젖어 든다

나는 오솔길 따라

정을 나누고

보리밭 사이

지나면서

향수의 멋에 젖어

풍취를 느껴 보고 싶다

넓고 깊은 호수

가을이 오면 파란 하늘이
멀기만 하다

뭉개 구름 위의 하늘
그 아래에는 파란 물들이
넘실거린다

봄이 되면 빨간 앵두가
나를 조롱한다

앳된 미소의 너를 보고파서
나는 잔잔한 호수가 되고 싶다

그리고 네 마음을

너에게 비추어 보련다

눈을 감으면 너를 품을 듯이
가까운 호수

푸르른 오월

남으로 트인 외진 곳에서
너와 나
살포시 입을 대었지

흰 갈매기와
검은 까마귀가
까악까악 울면서
내려다보았지

멍이 들도록 입싸움을
했을 때

새들과
다름이 없다고 했지

행복은 마음속에

담겨져 있는데

자연이 받아 주지 않네

푸르름이 가기 전에

그늘에서 낮잠이나

자자

한가로운 망상

사랑하는 그대와

한자리에 앉아서

정다운 얘기로 꽃을 피워 본다

뒤를 돌아보면

방긋이 웃어 줄 손수건이

나를 부르네

그래도 자꾸 앞으로

전진하고 걷는

마음은 초조했어

이젠 과거는

욕하지 않을 테야

그냥 웃어 보자

푹신한 초원을 거닐면서

한가로운 생각에 잠기면서

달밤에

시간의 제약도 없이
함초롬히 찾아드는 너
초가집 안에서도
숨길 수 없는 뭇 사연들

공간에서 공간으로
밀물 썰물 되어
뒤죽박죽되어 버렸어

가냘픈 존재감 속
환하게 비춰 주니
고운 꿈 많이 꾸겠어

천사가 나타날 것 같은 밤

나 홀로 툇마루 위에서

알롱달롱 글로 마주하네

그리움 1

어느 사이에

문득 고개 들어

살며시 웃음 짓네

고이 왔다가

사분히 사라지는 것

허공에서

아롱거리다

가슴속 깊이 웅크려 앉네

연보라색

도라지꽃을 피워

임의 마을에도 봄이

온다 했는데

벌써 슬금슬금
가 버리는구나

그리움 2

초원을 거닐면서

속삭이던 밀어들이

내 가슴 한복판을

떠나지 않는 속삭임

사랑이란 두 글자를

새기던 호숫가 언덕에서

주고받던 눈길들이

내 마음 깊이 새겨져 있네

금잔디 동산에

주고받던 입맞춤에

내 영혼을 송두리째

채워 주듯이

긴 여운 속에 남긴

아쉬움만이 그려질 때

입가에 미소로 번진다

아름다운 추억 속에 잠긴

내 마음

아름다운 자연

문틈에 스며드는 그리움 때문인지

어두운 밤은

정녕 말없이 깊어만 간다

시냇물 흐르는 소리도

시간을 일깨워 주는 듯

힘없이 조롱하고 있다

소리 없는 고요한 밤

나와 공간 사이의 대화는

초면 때문인지

거리낌만 짓누른다

기다림

어떤 조바심도 나에게는
지울 수 없는 마음이고
이런저런 갈등으로
다투기는 하지만

희망이 있는 내일이 있으니
슬퍼하지는 않을래요

밤하늘에 멜로디도
내일의 희망을 상징하죠

기다림으로 살아갈게요
그립다면 그리운 대로
고독하다면 고독한 대로
살다 보면 좋은 날이 오겠죠

봄 처녀

아지랑이 아롱아롱
피어오르는 봄
연분홍 치마가
살랑거릴 듯이

봄나물에 물들면서
뽀얀 얼굴 꽃 미소가
환희에 찬 봄바람

작은 광주리
가득한 향기로
설레는 마음으로 가득 찬
어여쁜 봄 처녀

나뭇잎에 푸르름을

봄의 향연만이

뜨거운 여름이 오기 전에

행복의 숲이 되어 찾으리

물레방아 도는 마을

물안개 피던 작은 마을
아름다움의 음률로
쿵덕이던 곳

돌담 사잇길 돌아
징검다리 건너
언덕에 추억 실어 돌아가고

개울가
할아버지 소 몰던 소리
이랴이랴 소리는 메아리 되어
돌아오던 곳

어둠이 깔리면

외롭게 빙글빙글 돌아갈

물레방아야

별이 빛나는 밤

분주한 하루가 끝날 무렵
하루해도 지친 모습 되어
서산으로 숨바꼭질하네

어둠이 짓누르는
석양은 하루가 아쉬워
붉게 타며 모든 존재들을
어루만지듯이

한없이 아롱거리며
쏟아 놓은 밤하늘의 별
지상을 향해 축복하듯
희망이 있는 내일도 있다고

온갖 정성을 너에게

바치고 많은 환상뿐이라고

밤이 깊어지면 우리네들도

사랑하는 부모 형제와

단꿈에서 몸부림치면서

고독한 마음을 달래 주겠지

그때는 우리와 별들은

너의 세계가 혼연의 일치

되어 가는 것처럼

생활 속의 희망

나의 생활이 무덤같이

조용했으면

그러나 태양같이 환했으면

어차피 이어 가는 삶

찡그리며 살아야 하나 보다

해들이 많아질수록

늘어나는 한숨

가슴이 터져라 외쳐 본들

다시는 되돌리지 못할 과거

자갈밭을 걸어야 할 삶

뼈를 깎는 듯한 아픔이 있어도

이제는 좋은 생각만 하자

아름답고

명랑한 생활을 위해서

오늘도 허리를 펴자

믿음직한 당신

오직 나에게는 당신뿐
서로의 의견을 한 몸에 싣고서
힘차게 전진한 우리들

당신과 나
지금 이 순간 삶의 보람을 느낀다
시간이 지나면 아름다운 사연만
남게 되지만

미래의 희망은 아직
초행인 듯

나의 가슴 한편에는 미숙하지만
과거는 성인이 되다

가을 여행

눈부시게 파랗던 산과 들이

살금살금 새 옷을 갈아입으려 준비하네

노란 빨강 그리고 분홍빛의

새 옷으로 치장을 하고 싶어 한다

봄이 오나 싶으면 어느새

여름이 확 달라붙고

여름과 친할 시간도 없이

가을이 찾아오네

온 산이 울긋불긋

온 들이 빨갛게 물들면

흰 눈이 뒤에서

출발을 기다린다

가을빛에 물들다

눈이 부시게 파랗던 들
어느덧 오색 단풍이
물들 것 같은 산은
새 옷으로 갈아입을 준비인가

봄이 오고 여름의 시간이
어제인 듯한 마음뿐인데
높은 정상은 물을 머금는다

온 산이 울긋불긋
빨갛게 물들이면
뒤끝에 머물러 서 있는
흰 눈이 뒤에서
출발을 기다리겠지

길가에 서성일 아침 이슬도

마지막 인사에

여행길을 맞이하면서

가을이 가면

허무함도 안은 채

또 한 해를 절반을 접고

또 접어 갈 빛은 한 꺼풀씩

물들어 간다

빗속의 여인

고독감이 젖은 비
비가 내리는 쓸쓸한
외로운 밤

나 홀로 비 오는 거리를
거닐고 있노라면

고독의 우울함
그리고 절망을 안겨 준다

어린 시절

빠르게 달리다

넘어져 울음보가 터지고

바로 울음이 터져 나왔던 시절

돌부리를 원망할 나이가 아님에

자신만 탓하면서

동네가 떠나갈 듯이 무엇이 급하다고

그렇게 빨리 달렸던가

동생과 달밤에

바람막이 논두렁 밑에서

연을 날리면

달빛이 비친 가오리가 헤엄치듯

연출을 하던 연

나뭇가지에 걸리면
우리는 포기하고 말았지

앞산에 울던 부엉이는
세찬 바람에 솔잎을 치며
서글프게 울던 기억 속

어느새 따끈따끈한
아랫목 구들장에 몸을 맡기니
지상천국의 행복의 마음이었지

3부

나무마다 움트는
희망의 새싹

나무마다 움트는 잎

새싹 돋는 소리가 들리면

희망의 새싹이니

어느새 꽃이 피었네

_「회춘」 중에서

고추잠자리

가을볕에 타는 햇살 아래

파란 하늘이 탐이 나던가요

그리움에 맴을 돌고 있는가요

빨간 고추 냄새로

코를 찌르는 텃밭의

허공에서 마주한 너와 나

가을이 가기 전에

너는 유혹을 하듯

낮은 곳에서 높은 곳을

가리지 않는 빨간 잠자리

가을볕에 익어 갈

석류처럼 붉게 타는 마음

휘어지는 듯한 날갯짓은 가벼우리

물구나무 서는 오리

갓 태어난 오리 떼
줄을 지어 아장아장
털어 볼 깃털도 없이
헤엄치는 법을 배우는가 보다

어미 뒤를 따라 어른 행세를 하듯
고기를 잡아챌 기세로
거꾸로 서는 행동은
우습기만 하다

돌 틈을 뒤집기도 하고
배고픔을 달래려 하는 것처럼
친구 하자고 날갯짓은
하나의 어릿광대

회춘

벌써 새싹이 돋았네요

아침 일찍부터
지저귀는 저 새는
하늘 높이 떠 있고

나무마다 움트는 잎
새싹 돋는 소리가 들리면
희망의 새싹이니
어느새 꽃이 피었네

너의 아름다움에
난 행복하다
꽃아

너를 보면서

얼굴에 행복을 느끼며

한 아름 안으리

생각나는 아지매

이른 새벽부터

재첩국 사이소 재첩국 사이소

참으로 여운이 남는 소리이다

살아가기 위한 수단

재첩국

우리의 위장을 시원하게

씻어 주는 느낌이

신선한 가을바람 같다

매일 기도하듯이

새벽부터

재첩국 행상의 소리는

까치 소리보다 먼저이기에

아지매의 가엾은 소리가

한 수 위에 있다

갈매기 우는 해변

잔잔히 부서지는 물결 위

흰 갈매기 날고

은빛 모래 묵묵히 지키고 있어

나의 수줍은 마음

허망하기만 하다

그녀와 같이 걷던 모래사장

조약돌이 발밑에 짓밟히면

주워서 그녀의 주머니에 깊숙이

넣어 주던 추억

이제 나는 외롭기만 하다

짭조름한 바닷바람이

코끝에 스밀 때

멀리서 다가오는 배는

한가로이 뱃고동만 울린다

아름다운 정원

라일락 향기 가득
작은 공간에
향기로 물든 곳
세상에 내민 얼굴

봉숭아꽃도 부러워
여름이면 붉게 피어
형형색색 달라붙어
웃음꽃을 띄운다

졸졸 흐르는 바위 밑에
개구리들도 사랑싸움하듯
너울너울 헤엄치고
흰나비는 질세라

공중에서 춤을 추네

파란 하늘
접동새는 짝을 지어 날아
축복받은 땅에서는
개구쟁이들이 아장아장
미소 지으며 잘도 논다

추억의 노래

산모퉁이 돌아가면

새봄을 맞이하듯

온 세상은 환한 빛에 머물고

실개천 흐르는 시냇물 소리

허리춤에 감아 돌면

흥겨운 노랫가락이

흐르듯이 곁에서 흐른다

구구절절 감동을 자아내고

듣는 이들 흥에 겨워

둥실 두둥실 춤을 추며

구성진 옛 가락에 가슴을 적실 때

추운 겨울 얼음이

녹아내리는 것처럼

하소연을 풀어 주는 노랫소리

실패

웅장한 꿈을 품고
앞만 보고 달렸지만

내 마음 오간 데 없고
껍데기만 남았네

울고불고 외쳐 봐도
돌아오는 메아리는 공허뿐

오뚝이가 되고 싶어
용을 쓰고 살았더니
모가지만 길어졌네

실패는 영양제

한 번 먹고 두 번 먹으니

복어처럼 되었다

고향의 길

포도송이 주렁주렁
고향 인심도 주렁주렁
작은 오솔길 따라
자리 잡은 고향

앞마당에 노랗게 익은 감들
할머니 손맛 따라
거침없던 손길이 생각난다

앞산에 아기 송아지
풀 볼에 젖어
울음소리 울림에 젖던
물 좋던 곳

그리운 마음을

귀향길 열차에 싣고

아담하고 고요한 마을

뜸부기 울어 주는

산 밑의 보금자리였네

작은 집 추녀 끝에

다시 누워 보고 싶다

이제는 그리움으로

남아 있을 뿐

뒹굴던 언덕

파릇파릇 새싹이 돋는
언덕에 피어오르는 아지랑이
매서운 겨울을 보내고
따스한 봄을 맞이하며
아롱져 피어오른다

버드나무 푸르름은
잔가지에도 찾아오면서
세상 구경을 하기 위해
밖으로 나온다

근처에서는
닭 울음소리가
귓가에서는 서성이는데

새벽을 알리는 닭 울음소리

봄의 향연의 목련꽃을 물고
찾아들면서
오는 봄을 맞이하느라
나풀거리는 햇살 아래
피어오르다 사라지는
아지랑이

여름이 지나 가을이 오며
노란 단풍이 들기 전
너와 나
그리움에 같이 피울 잔디야

뻐꾸기 소리

뻐꾹뻐꾹

봄여름이 좋아

뿌연 안개 되어

송홧가루로

깊은 산 숲을 숨기면서

솔숲 사이로 불어오는

산들바람

봄 냄새 휘감아 든 늦은 봄

맑은 노래는 내일을 약속하고

사라지겠네

너의 노랫소리

고향 마을

뒷산에는
꿩들이 푸드득

앞산에서는 비둘기들이
요조숙녀같이 날아다니고

논에서는 뜸북새가 뜸북 뜸북
굴뚝에서는 흰 연기가
평화롭게 피어오르는 마을

내가 태어났던 곳인가
밭에서는 할배가 밭갈이한다고
바쁘기도 하다

양지 쪽 모퉁이에는

개구쟁이들이 웃음보따리를

풀어놓고 마음껏 노는 장면

세상에서 가장 평화로운

곳이 어디인가

엿장수

시골길
모과나무 아래에서
어린이들이 모여 있네

쨍그렁 쨍그렁
가위 소리에
배고픔이 찾아왔나

소녀 소년들이
색동옷을 입고
옹기종기 모여 있다

엿장수 할아버지의
흰 고무신에 엿 가루가

묻었는지

흰옷으로 목욕을 하고

내리치면서 장단 치는 엿

입안에 침이 고여

흘러내리는

귀여운 꼬마들

꼭 껴안고 싶다

황금 들판

들국화

만개한 비탈길

평화로운 농촌 풍경에

잠시 머물다 사라질 들녘

허수아비도 외롭다

고개 숙인 벼들도

어른이 되고 싶어

고개를 숙이네

메뚜기 떼

온 들판을

가로질러 나르니

아낙네 새참 소리

발걸음을 멈추고

동동주 한 사발

팔걸이에 걸고

종종걸음으로 지나간다

논두렁에 걸터앉아

허기를 채우면서

고요한 밤에

밤은 차갑게 다가오고
엉뚱한 편지에 몸부림친다
손을 내밀면 닿을 것 같은
당신의 숨결들

이제 나는 외로울 수 없으리라
어제와 오늘을
분간도 할 수 없는
이 밤

고독이 넘치는 정적에
난 어디로
가고만 싶어진다

강나루

푸른 강변에 풀들과

강바람에 살랑대며

출렁이는 물결

인적 없이 적막만이 머문 채

나룻배는 홀로 처량하게

묶어져 띄워 있구나

오가는 발길만이

흙먼지 속에 홀로 걷다 보면

운무 속에 갇혀 버린 몸

흰 갈매기 솟대 위에

따가운 햇살과 함께

깃털을 터는 모습

먼 길 떠나는 나그네야
네가 머문 자리
꽃이 되어 반겨 주마

사월의 하늘빛

남서풍의 하늘에 흰 구름

띄엄띄엄 띄워 놓고

꽃에 옷을 입은 지 얼마던가

옷깃을 털어 내듯

한참을 자랑할 틈도 없이

잎을 털어 버린다

낮술에 취하고

감탄의 입버릇에 취하여

하나둘 초록 옷으로 갈아입으면

내일이 다가오는 것처럼

사월의 하늘도

연극을 하듯이

쏟아 놓을 하늘아

변화무쌍한 사월의 사랑아

들국화

특이한 자랑이다

보라색 꽃 한 송이

예쁘게

잘도 피었네

통째로 자랑이라

향기는 더욱 깊고

벌과 나비 손님도

귀여움에

반해서 참다못해

키스마저 하고서 가지요

하늘 아래

흙 내음

세상 어떤 것도

속일 줄 모른답니다

노고지리 노래하는 강가

만물이 움트는 평지 위

하늘 높이 올라서

이리저리 날아

정신없이 노래하는 노고지리

강가의 강물은 유유히도 흐르고

버드나무 파릇파릇

하루가 다른데

어찌 저렇게도 예쁜 소리로

노래를 부를까

노고지리 떠난 자리

무척이나 허전하다

이른 봄 잠깐 왔다가

어디로 간 것인지

궁금하기 짝이 없네

내년을 기약하며

다시 온다 약속한다

외갓집

오솔길을 따라
실개천에 이르면
어느새 외갓집의 지붕에
박들이 뒹굴며 환하게 맞이한다

초가지붕은 사라진 지 오래지만
오솔길 옆에
마음대로 자라는
잡초들도 푸른 이파리 안고

미루나무 가지 사이로
불어 대는 바람조차
더운 여름의 쉼터를 맞이하면서
원두막 언저리를 휘감는다

나그네 발길도

끊어진 지 오래건만

외갓집 가는 길은 항상

가슴 설렌다

돌담을 끼고 돌면

작은 외갓집은

아련한 마음속에 남겨 둔 채

천둥소리

칠흑 같은 밤은 아닌데
북 치고 장구 치는 소리들

온 세상이 검게 물들어
행인들의 발걸음을 재촉한다

곧 쏟아질 것 같은 비
하늘에서는 번쩍번쩍
콰광 콰광

정원의 풀들까지
떨고 있다

두려움이 앞을 막아

무엇을 해야 할지

알 수가 없다

쌩긋 웃는 태양이

그리워진다

태양아!

구름을 뚫고

고개를 내밀어라

깊은 밤에

동이 트였던 시간이 지나고
인간들이 보금자리로 발걸음을
재촉하니까
슬슬 어둠이 친구 하자고
찾아오네

하나둘 켜지는 불빛 속에서
오늘도 정들었던 하루의 일과를
되새기며 한없이 동경하고 싶은
고요한 시간

모든 사람들이 사랑하는
가족들과 단잠을 동경하고 싶은
고요한 시간

모든 사람들이 사랑하는

가족들과 단잠을 청해야 하는

시간이다

무수히 많은 별들은 저렇게도 정을 주는데

가엾고 나약한 존재인 듯

지상의 모든 존재들은 잠을

이루고 있지

가슴 부푼 소년은

지금 누구에게 던지고 싶은 사연이 있지만

작은 수줍음 때문일까

망설이다 그냥 잠이 들었어요

우리 할머니

바람에 질세라
호롱불 돌보듯이
손주들을 끔찍하게
사랑하셨던 나의 할머니

작은 몸짓에 종종걸음 속
하굣길에 마중길도
마음속에 사랑을 담아
감싸 주시던 당신

소쿠리의 홍시를 건네주시며
살짝이 작은 손에 담아 주시던 기억은
작은 가슴에
소담스럽게 담아낸 추억입니다

인자하셨던 할머니
백세 인생의 삶도 아쉬워
무엇이 급하다고
우리의 곁을 함께하지
못하시고 떠나셨나요

훌쩍 커 버린 손주들은
그리운 모습만 그려 보면서
하늘나라에 계신
할머니를 그리워합니다

그곳에서 편안히 계시면서
지켜봐 주세요

하늘보다 바다보다
넓게 주셨던 사랑을
지금 저희들은
흉내도 낼 수 없답니다

아우성 지르는 이곳에
이젠 더 이상 함께
할 수 없는 나의 할머니

오늘이 기일이네요
더욱 잘 계시도록
기도 올립니다

소녀

한적한 밤하늘에 외기러기 날고
영롱한 별빛을 발하는 가을이군요

오곡이 풍성하고 백과가 풍성한
가을이니 만큼

나의 마음도
한결 풍성해집니다

잠시라도 안녕하신지
나 역시 궁금합니다

손수건을 들고 해맑게
웃던 모습이
선하게 그려집니다

가을을 반기는 노래

산과 냇가의 푸른 잎들은
청사초롱 옷을 입고 있네

갈색으로 변하면서
만추에 취할 가을이 찾아오면

가을이 오고 있음을
알리는 노랫가락이
앞뜰 뒤뜰에서 요란하다

어느 한 모퉁이에 숨어서
외로움을 달래 줄 계절
가을을 빨리 맞이하고
싶나 봐

머지않아 매서운 겨울이 오면

언제 노래 불렀냐고 한 뒤

살그머니 사라질 귀뚜라미

고막을 건드리는 명랑한 소리도

짧고 긴 여운으로 남아 있네

4부

햇살이 깃든
엷은 미소

바람이 불면

춤을 추며 떨어지던

꽃잎에 사로잡혀 가고

햇살이 깃들면 서로 마주하던

엷은 미소를 짓던 길

_「꽃밭」 중에서

은혜 1

세상에 좋은 사람들이
너무 많아서
도움 속에 정이 들고
생각 없이 받으니

내가 태어난 것은 아니지만
잊어서는 안 될 것이
정을 담은 마음

잘난 사람 부러워 말고
나약한 사람 곁에
무소뿔처럼 머물러
이래저래 세상살이
흔들림 없이 살다 가자

약한 사람들보다

선한 사람들이 많은 세상

아름답게

오늘과 내일의 행복을

위해 빙그레 웃어 보자

은혜 2

별것이 아닌 듯 여겨도

지나고 보면 대단한

복주머니인 은혜

받기는 쉬워도

베풀기는 어려운데

쉽게 생각하는 우리들

작은 고마움이

모이고 모이면

인생은 아름답고 값진 것

고맙다는 인사 한마디가

그렇게도 어려운 것을

습관처럼 표현하자

새벽의 꿈

하얀 눈이 소복이 내린
이른 새벽
하루를 시작하기 위하여
몸부림을 치면서
신음한다

밝은 추위로 온 만물들을
가두어 놓았는데
이불 안은 엄마 품처럼
포근하기만 하다

허공을 날다가
지상으로 떨어지는
눈송이들이 밤알보다 크게 보인다

얌전히

쌓인 눈들은 강아지나

어린이들이 좋아하기에

충분한 아침이 밝아 온다

어제도 오늘도

한결같은 꿈을 꾸며

미래를 설계하고

좋은 인생으로 살기를 희망한다

모든 일이 잘되기를 기도하면서

오늘 하루도 시작된다

숲속의 매미

땅의 진액을 먹으며

애벌레로 세월을 견디어

태어나 달포도 못 살고 떠나니

아쉽기만 하네

미루나무 잎들은

회색빛에 물들고

포르르 떨며 귀청이 따갑도록

울어 주는 매미야

해는 중천에서 세상을

삼킬 것만 같은데

노랫가락에

떨리는 느낌은

너의 흥을 돋군다

아침 이슬을

먹고 노래 부르면

마음속에 위안을 삼고

세상을 등지고

보석빛에 물들어지는

팔랑거리는 소리마저

자장가로 들린다

단비

가뭄 뒤에 쏟아지는 봄비

나뭇잎 새도 바삭거릴 때

촉촉이 적셔 줄 단지

비실비실

갈증이 난다고

목을 적시듯이 아우성일 때

하늘의 축복이려나

주룩주룩 한 소나기

쏟아 놓고 가실 가랑비일까

그칠 기약도 없이

메마른 대지를 촉촉이 적셔 준다

창가에 동양화를 그리면서

어느새 그림을 그려 놓으면

고독한 소녀의 보금자리

주룩주룩

내리는 비가 서글퍼지네

내 가슴 누추한 상념뿐일까

오늘도 또 내일도

그리운 어린 시절

시냇가

돌 틈 사이 가재 잡던

철없고 꿈 많던 어린 시절

실개천에 물길이

갓길을 치고 달리듯이

쏟아져 내리며 꿈을 토해 내던 곳

설장의 길목에서

아련히 잡아 주던 손길들

어디에서 무엇들 할까

보고 싶다

그리워라

이제 늙고 익어 갈

나이가 들어 어렴풋이 나는

그리움에 젖으면서

우리 다시

만날 그대들이

보고플 나이에 젖어 있다고

개구리

한겨울
묵은 잠에 취해
새록새록 추운 겨울을 보내고

실개천 개울가에
버들잎 움트니
좁쌀 같은 생명들

꼬물꼬물 세상빛에
아름다운 개구리 알
살얼음 속에도
봄이 지나감을 알린다

봄바람 불던 깊은 밤

무엇이 슬퍼서

밤새도록 울어 대

노랫가락의 향연의 밤

너의 울음소리는

봄맞이할 마중길로

한 걸음씩 맞이하리

등불

청춘의 바람은

그리움에 젖은 시절

입가에 미소로 내 마음 가두고

꿈 많던 학창 시절

캠퍼스의 로맨스도

젊음을 태웠던 그리움

사랑의 목마름마저

용광로 쇳불을 녹여 낼 때

그대 심장 속에 머물다 간다고

콧노래 부르던 철없던 시절

중년을 접고

고갯마루 넘어설 지금

그대 눈빛에 젖어 그리던

가슴에 꽃을 피워 내니

사랑의 불꽃은

짧은 세상 마주하며

걸어갈 내 가족뿐인 것이더라

꽃밭

아침 이슬을 품은 잎들은

한 걸음 두 걸음 길을

나누어 가듯이

윤기를 머금어 발산하면

어릴 적 방과 후

책보자기 집어 던지고

동무들과 눈 맞춤하던

추억의 길목

바람이 불면

춤을 추며 떨어지던

꽃잎에 사로잡혀 가고

햇살이 깃들면 서로 마주하던

엷은 미소를 짓던 길

너를 바라보던 꽃은
봄빛에 꽃망울마저
하루를 잡아 굵어진다

오색 등불을 켜며
별 중에 별을 심듯
꽃들은 한자리에 모여
노래를 부르던 환희의 감성

오늘도 향기는
머리를 빙빙 돌게 해 주고
활력을 자아내게 한다

이날이 가면

내일을 기약하면서

슬그머니 뒷걸음칠 꽃잎아

한여름의 연가

세상이 불덩어리 같은
지구 위에서
푸르른 나뭇잎들이
지친 우리들을
가슴으로 맞이하는데

한들한들 불어 주는
소슬바람이
방울방울 맺힌 이마를 스치니
꿀맛처럼 느껴진다

땅에서는 개미들이
줄을 서서 이동하는데
우리는

축 처진 몸을 바닥에

엿처럼 딱 붙이는구나

창틀의 이슬꽃

시간이 부족한들
세월의 손을 드니
창틀에 부딪히는
몸 사위만이 절규 속에
한탄하랴

연분홍 꽃잎 속에
숨은 듯 내려앉아
가냘픈 꽃술을 흩트려 놓고

가슴에 멍인들
네가 몸부림치는
창문 밖 내리는 비야

아카시아꽃

겨울을 넘어

너의 뿌리는

끈질기게 땅속을

파고들더니

새봄이 오네

나뭇가지마다

새순이 돋아서

파릇파릇 옷을 입고

잠시 눈을 돌리는 사이

눈이 온 것처럼

가지마다 다닥다닥

꿀을 머금은 흰 꽃

코끝에 향기가 좋아

흥을 돋우어 주는데

찾는 이 없어 아쉽기만 하다

인생

모진 세파 속에서도

사랑은 싹이 터

보석보다 귀중한 생명

네발로 기어 다닌

흔적은 어느 사이

오간 곳이 없고 얼굴에는

고랑이 생기는 구나

아등바등 살고 있지만

늘어나는 것은

근심뿐이더니

좋은 일이 기약 없이

찾아오네

조약돌

파도 소리 자장가 되어

사각사각하는 조약돌의

리듬에 지친 마음 달래 주니

파도에 밀려 뒹굴면

물살은 바위를 때리기만 한다

갈매기 소리

지평선을 맴돌면

조약돌들은

그 자리에서 뒹군다

모닥불

옹기종기 모여 앉아
옛이야기들로 꽃을 피운다

아카시아 향기가 자리를 차지하듯이
분위기가 아름답게 변하는 밤

따닥따닥
장작 몸 태우는 소리가
길고양이들을 내치면서

이슬이 맺히기 전에
슬슬 자리를 접어야 하는 아쉬움

다음을 기약하며
밝은 아침을 맞이하자

인연

바람도 스치면 인연이라 했는데

수십억 사람들 중에

손을 잡는 사람은 남이 아니지요

인연이란

만나는 것으로만 쉬운 일이 아니지요

함부로 생각하지 말자

마주 보는 얼굴은 선남선녀요

최고의 보배이다

서운하게 보낼 사람이면

처음부터 맺지 말자

하늘도 감탄할 정도는 아니지만

행복한 끈을 이어 가자꾸나

소풍

들국화 손짓하던

보리싹이 파릇파릇이 자라는 계절

봄 소풍

산들바람이 지나고

가을 소풍은 외로움에

어깨동무하자고 졸라 대지만

즐겁기는 마찬가지

산천이 물들던 계절

오색 무지개 친구 하자고

찾아오는데

소풍은 우리를 기다리고 있네

찔레꽃

노란 병아리들의 놀이터

찔레나무 밑은 항상 따뜻한 양지

헤엄치듯 날개를

땅에 뒹구는 모습은

너무 아름답다

흰 꽃들이 피면

향기는 사방에 두루 퍼져

가슴을 설레게 한다

꽃잎이 날리면

눈이 오는 것처럼

바닥이 눈부시다

나도 여기에 앉아서

병아리들과 놀고 싶다

시냇물

이슬 한 방울 두 방울

풀잎에 맺혀

이슬이

개울이 되어 가면

졸졸졸 흘러가는 시냇물이

강을 만들고 바다를 이룬다

버들잎

시냇물에 춤을 추고

개구리 헤엄치는 물방개 동행하네

고향

고향을 향하는 마음은 하늘보다

높고 넓은 마음인데

대문 밖에서 기다리는

부모님의 종종걸음이 눈에 선하다

제비들 처마 밑에서 노래하는

평화스러운 고향은

아주 멋진 내용이 되어 있다

산들바람

너는 어디에서 날아왔니

나뭇잎이 살랑살랑 춤을 추고
너울 파도가 너의 곁으로
밀려오는 것 같아

이마에 맺힌 땀방울이
너로 인하여 사라질 즘

물방개 빙글빙글 도는 연못에
잔잔한 물결만이
평화롭게 보이면

참 세상도 아름답게 보인다

외로움

외롭다 외롭다
뜻 모르고 살았는데
나잇살은
슬금슬금 다가와
친구 하자고 하네

살 만큼 산 인생이라고
외로움이 사돈을 맺자고
졸라 대네

웃음도 사라지고
건강도 약해지니
허리끈을 졸라매야지

고독을 내동댕이치고

분주하게 살고 싶다

노을

감 홍시인 줄 알았더니
석양이라네

바닷물에 목욕하듯
붉은빛이 아름답게
해님이 숨바꼭질하는 순간

부러움을 차지하고
온 산천을 불 밝혔던 너

내일이면 다시 오리

어두운 곳 밝혀 주고
추운 곳도 녹여 준다

춘란(보춘화)

아침 이슬을 흠뻑 맞고도

방긋이 웃고 있는

푸른 너

보춘화

항상 그 자리에서

지루하지도 않느냐?

산과 천이 아름다움으로 뽐내는

이른 봄

난 꽃으로 세상에 알리고

은은한 향기로

훈훈한 마음이 되도록

토닥토닥 쓰다듬어 주네

메마른 가뭄이 너를 때려도

동요하지 않고

산속에서 잘 자라고 있구나

나도 너처럼 되고 싶어서

뻐꾹새 울어 대고

접동새도 노래하는 산속에서

살고 싶구나